모두
안녕하신가영

모두 안녕하신가영?

끄적끄적 적어본 소소한 생각들과

일상을 모은 저의 첫 에세이집으로

여러분께 안부를 전합니다

사랑합니다♥

목 차

번외편

1. 그림

얼마전부터 동화 일러스트 그리기에 관심이 생겼다

전문학원에서 전문가반에 등록해 체계적으로 기초부터 배워나가고 싶은데

지금처럼 공부와 일을 병행하고 있는 시기에 감당할 수 없는 계획이다

또한 전문가반에 등록한다는 것이 전문가가 되겠다는건 아니다
(물론 될 수 있다면 좋겠지만 그럴 가능성이 없으므로)

그래도 이왕 그릴거라면 뭐는 좀 알고 그려야할텐데

무명의 수많은 동화 일러스트 작가들의 그림을 보고있노라면

어떻게 저렇게 잘그리는데도 무명일수가 있지? 하는 의문이 들지만

이름을 알리는것보다 작품을 남기고 누군가 그 작품을 즐겁게 감상한다면

그것으로 이미 충분히 의미가 있을 것만같다

Lika Youtuber 영상을 보며 아이패드로 그려본 고래

바다 위 평화롭게 잠을 자는 고래를 표현해 보았다

2. 거울

누군가 그랬다

인생은 거울과 같아서

최고의 것을 세상에 주면

최상의 것이 돌아온다고

3. 게임

초등학생이었을 때 했던 게임 중에 제일 기억이 나는 건

압정 뛰어다니면서 과일 먹는 너구리 게임

노란색 동그라미가 적 피해서 점 모으는 팩맨

공룡 두 마리가 물방울 발사하면서 과일 모으는 보글보글

어린 여자아이를 성장시키는 일본 RPG 프린세스 메이커

중학생 땐 넷마블 테트리스에 잠깐 중독되서 학교 끝나면 항상 친구들이랑

팀을 짜서 테트리스를 하곤 했었는데 그 뒤론 흥미를 잃었다

이제는 어쩌다 가끔 오락실에서 어렸을 때 했던 게임을 해 본다

어린시절을 추억하며...

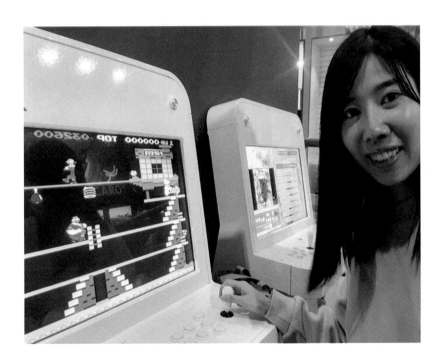

4. 게으름

이미 아무것도 안 하고 있지만

더 격렬하게 아무것도 안 하고 싶다

5. 겨울

돌이켜보면

애초부터 못 견디게 추운 겨울은 없었다

한고비 한고비 넘기다보면

그렇게 늘 봄이 기다리고 있었으니까

6. 귀마개

난 유난히 잠귀가 밝아서 자다가 조그만 소리에도 잘 깬다

그래서 나의 침대 필수품 중 하나가 귀마개이다

아침에 일어나보면 발이 달렸는지 어디론가 다 사라져버려

이젠 늘 수십 개씩 미리 사다놓는다

귀에 on/off 스위치가 달려있다면 참 좋을 텐데

7. 걱정

어니 J 젤린스키는 이렇게 말했다.

걱정의 40%는 절대로 현실로 일어나지 않는 일에 대한 것이고

걱정의 30%는 이미 일어난 일에 대한 것이며,

걱정의 22%는 사소한 고민이고

걱정의 4%는 우리의 힘으로는 어쩔 도리가 없는 것이며,

나머지 4%의 걱정은

자신의 힘으로 바꿀 수 있는 일에 대한 걱정이다.

그럼에도 걱정을 피할 수 없다는 것이 함정

8. 가오리

가오리가 날 보고 웃고 있다

이 또한
지나가오리

9. 결핵

어느날 갑자기 결핵

감기인 줄 알았는데 결핵이었다

대학병원에 입원해 폐에 찬 물을 빼는 수술을 하고

이러다 죽는 거 아닌가 생각했지만

아직 죽을 운명이 아니었는지

다행히 잘 살아남았다

난생 처음으로 건강의 중요성을 뼈저리게 느꼈던 것 같다

건강은 건강할 때 챙기자!

날 죽이지 못한 것은 날 강하게 만든다.
-니체 안티 프레젤-

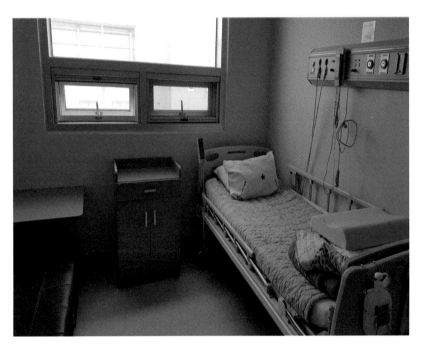

내가 입원했었던 원대병원 1인 병실

10. 꽃

가끔은 꽃을 선물하고

가끔은 꽃을 선물 받기도 한다

쓸데 없다고 싫어하는 사람들도 많겠지만 (대표적으로 우리 엄마)

개인적으론 꽃이 주는 행복이 주는 여운이

쓸데있는 물건보다 오래 갈 때가 많은 것 같다

11. 나노블럭

한참 나노블럭 열풍이 들었을 때

언니 생일선물로 귀여운 700피스 블록을 완성했다

스트레스 해소에 좋다더니? 눈 빠질뻔

다시는 안 해야지

12. 놀이공원

다낭엔 해발 1487m 산 위에 세어진 테마파크 썬월드 바나힐이 있다.

거기에 놀러간 단 하나의 이유, 바로 루지를 타기 위해서였다!

날도 더웠는데 줄 마저 너무 길어서 포기하고 싶었지만

열심히 기다렸다가 재미있게 타고왔다

13. 눈

손톱으로 눈을 찔렀다

아악~

눈을 뜰 수 없이 아파 안과에 갔는데

각막이 찢어져 있었다

이러다 실명 되는거 아닌가 걱정했는데

다행히 상처에 살이 돋듯 각막이 재생됐다

자나 깨나 눈 조심!

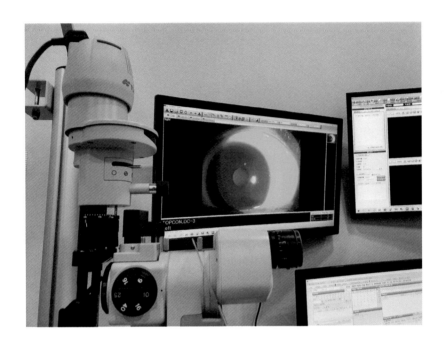

14. 농담

며칠전에 스케일링을 받으러 치과에 갔는데

충치가 하나 있어서 신경치료를 받아야 할 것 같다는 말을 들었다

돈은 돈대로 들고 치아는 치아대로 아프고, 우울한 하루였다

친구가 이 말을 듣더니 자기도 잇몸치료 때문에 치과에 다녀왔다고 하면서

이 다음에 태어나면 들개로 태어나서 병원에 안갈거라고 했다

응??? 들개???

ㅋㅋㅋㅋㅋㅋㅋㅋ

15. 내 마음

내 힘으로 바꿀 수 없는 일이 있다면

내 마음을 바꾸면 된다 (쉽지 않다는 게 문제지만)

God, grant me the serenity to accept the things I cannot change,

courage to change the things I can, and wisdom to know the difference

-Reinhold Neibuhr-

16. 네일아트

한때 언니가 네일아티스트가 될거라며

네일아트를 배우기 시작하더니

내 손톱에 젤네일을 해줬다

자격증 시험 때는 손모델이 필요하다고 해서

손모델까지 해줬는데 얼마 지나지 않아

언니는 네일아트에 흥미를 잃었다

언니네집 매니큐어들은 그렇게 장식품이 되어버렸다

17. 뉴욕 1

브루클린 다리 위로 산책을 가는 길에

친구가 꽃다발을 사주었다

낮에 봤을 땐 별 감흥이 없었는데

브루클린 다리 위 야경은 정말 아름다웠다

18. 뉴욕 2

미국 민주주의의 상징 자유의 여신상

자유의 여신상을 보러 페리를 타러 가는 날

뭔가 자유의 여신상을 직접 보면 미국에 온 기분이 물씬 날 것 같았는데

별 감동이 없었다는 게 함정

[여기서 잠깐]

여신상 왕관의 7개 빛은 지구의 7개 대양과 대륙을 나타낸다.
왕관에 있는 25개의 유리창은 지구상에서 발견된 보석의 원석과 세계를
비치는 천국의 빛을 상징하며 여신상 왼손의 서판에는 독립일인
'1776년 7월 4일'이 적혀있다.
여신상 아래 쇠사슬은 노예제도 폐지를 상징한다.

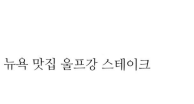

뉴욕 맛집 울프강 스테이크

뉴욕 현대미술관 MoMa 고흐의 그림을 찍기위해 몰려든 사람들

교과에서만 보던 몬드리안의 작품

19. 돈

돈이 많았던 적도 없지만

돈 때문에 힘들었던 적도 없다

머니머니 해도 돈이라고들 하지만

돈은 있다가도 없고 없다가도 있는 바람과 같은 것

바람이 아닌 꿈을 좇는 사람이 되고 싶다

20. 동생

나에겐 8살 아래 남동생이 한 명 있다

이름 - 이상원
특징 - 집에선 말을 잘 안하지만 나가선 말도 많이 하고 빨빨거리며 여기저기 잘 돌아다니는 것으로 추정된다. 공대를 다니다가 요리에 흥미를 붙여서 일식 집에서 아르바이트를 하기 시작하더니 군대 제대하고 난 뒤엔 요리에 흥미를 잃어버린것으로 보인다. 미래에 뭐가 될진 나도 모르겠다.

얼마전에 자동차에 관심이 생겼는지 멋진 스포츠카를 사서 나타났다.

집도 없는 녀석이 돈이나 모을 것이지라고 생각했는데

인생은 한 번이니까 하고 싶은 대로 살아보는 것도 나쁘진 않을 것 같다

21. 다마고치

어렸을 때 애들마다 하나씩 가지고 있던 게 있었으니

바로 일본에서 개발한 휴대용 애완동물 사육게임기 다마고치였다

계란 모양의 게임기로 알에서 공룡으로 성장시키는 건데

나중엔 토끼, 병아리, 몬스터 등 각종 캐릭터가 나오기 시작했고

컴퓨터가 발달하지 않았던 당시 아이들 사이에서 큰 인기를 끌었었다

제때 밥도 줘야되고 놀아줘야되고 아프면 치료도 해줘야되는데

지금 생각하면 그 귀찮은 것을 어떻게 했나싶다

22. 단발머리

대개 난 그리 길지도 짧지도 않은 머리 길이를 유지한다

가끔 단발이 하고 싶어 미용실에 가서

최대한 짧게 잘라달라고 말하면 모두 하나같이

머리숱이 너무 많아 붕뜰거라고 만류하는 바람에

늘 단발 아닌 단발을 하고 되돌아온다

23. 달고나

어릴 때 운동회 날이면 찾아오던 달고나 아저씨

틀을 고르면 모양을 찍어주셨고

모양대로 잘 뜯어오면 한 개를 더 먹을 수 있었다

몇 안 되는 어린시절 추억 중 지금까지 기억하는 걸 보면

그 작은 달고나 하나로 내가 참 행복했었나 보다

24. 당근마켓

전 직장동료 차 뒷좌석에 인형을 잔뜩 실어놓았길래 뭐냐고 물어보니

당근마켓으로 인형을 팔고 있다고 했다

누가 그런 걸 사냐고 했는데 얼마 지나지 않아

당근마켓에서 인형을 사고 있는 내 자신을 발견했다...

하루는 이사하면서 책상을 무료나눔하기로 결정했다

이미 이사를 한 후라 1층에 놓아놓았으니 편하게 가져가시라고 했는데

청포도 에이드를 사다 세탁기 위에 올려놓고 갔다며 사진을 찍어 보내셨다

이미 메시지를 보낸 지 시간이 꽤 돼서 다시 가져가라고 할 수도 없고

마음을 무겁게 만들어드리고 싶지 않아 그냥 이렇게 답장을 보냈다

"감사합니다 ^^"

25. 라면

호주에 살았을 때 홈스테이 하던 집 아주머니께서

한국사람들이 왜 그렇게 라면을 좋아하는지 모르겠다며

호주사람들은 마트에서 라면을 잘 안 산다고 말씀하시는게 아닌가

이때까지만해도 전세계 사람들이 라면을 많이 먹을거라고 생각하던 때라

처음으로 우리나라 사람들이 라면을 얼마나 사랑하는지 깨닫게되었다

난 개인적으로 냄비에 끓여 먹는 라면보다 컵라면을 더 좋아하는데

영양가 있는 밥을 먹어야지 하면서도 종종 라면을 찾는걸 보면

나는 분명 한국인인가 보다

26. 라볶이

학창시절 즐겨 먹던 라볶이

입맛이 없을 때 나는 라볶이를 먹는다

그렇다고 모든 라볶이를 좋아하는 것은 아니다

달달하면서도 칼칼한 국물, 면발이 꼬들꼬들하고

떡이 너무 말랑거리지 않으면서 오뎅이 적당히 들어간걸 좋아한다

말이 나온김에 오늘 점심으로 라볶이를 먹어야겠다

27. 밍밍이

삼촌집에 사는 요크셔테리어 밍밍이

처음엔 이름이 좀 이상하다고 생각했는데 부를수록 정감가는 이름이다

처음 보는 사람한테 애교도 잘 부리던 귀여운 밍밍이

28. 마늘

한참 마늘에 중독된 적이 있다

마늘 튀겨먹기 마늘 구워먹기 마늘 쪄먹기

심지어 젤리 대신에 흑마늘을 먹었다

마늘아, 너 마늘 사랑해

29. 물배추

우연히 인터넷에서 물배추 사진을 보고

난이도가 쉬워보여 키워보기로 결심했다

물만 갈아줄 뿐이었는데 물배추는 하루하루 놀랍도록 번식했고

더이상 담아놓을 수조가 없어 주위 친구란 친구들에게 열심히 나눠줬는데

날이 조금씩 추워지면서 시들시들해지더니 빛의 속도로 사망해 버리고 말았다

알고보니 아프리카에서와서 빛에 아주 예민해 적정한 조건이 아니면

잘 죽는 까다로운 생물이라는것을 뒤늦게 알게되었다

미안해 물배추야

앞으로 물배추는 안키우는걸로..

30. 모기

전에 살던 집들에는 모기가 정말 어쩌다 한 마리 나오는 수준이라

모기장이 있어도 모기장을 쳐보질 않았던 것 같은데

얼마 전 이사 온 집에 잠잘 때 쯤 되면 마치 미션을 수행하듯

어디선가 저녁마다 한 마리씩 날라와 나를 공격하기 시작했다

예상치 못한 상황에 급한 대로 모기장을 사러 갔는데

바닥 면이 없는 것들만 있는 것이 아닌가?

없는 것보다야 나으니 하나 사서 집에 와서 펼쳐봤는데

침대보다 모기장이 더 커서 양쪽 아래가 무방비 상태로 뚫리게 되었다

당황하긴했지만 그래도 없는것보단 낫다고 생각하고 잠을잤는데

아침에 일어나보니 모기 한 마리가 나랑 모기장안에 같이 있었다

31. 모스볼

예전부터 한번 키워보고 싶었던 모스볼을 샀다

장점은 물만 갈아주면 된다는 것인데

단점은 크는지 안 크는지 알 수가 없다는 것

[여기서 잠깐!]

모스볼mossball 정보를 찾다가 우연히 또다른 모스볼 mothball 에 대해
알게 되었다. 의류를 갉아먹는 일부 나방(moth)유충을 쫓는다고 하여
"모스볼"이라는 이름을 얻었다고 한다.
그리고 이에 착안하여 무언가를 "모스볼 하다", "모스볼 되었다"는 말이
아이디어, 프로젝트, 계획, 또는 장비 등을 나중을 위해 폐기 하지는
않지만 당분간은 사용할 계획이 없는 상태에서 장기간 보관한다는 뜻으로
쓰이게 되었다고 한다.

32. 방송출현

방청권이 당첨돼서 개그콘서트를 보러 갔는데

카메라에 많이 찍혀서 TV에 출현하게 되었다

영상을 다운받아서 방송탄 내 모습을 열심히 스크린샷으로 모아

친구에게 보내줬더니 친구가 말했다

"오 이거 짤 누가 만들어줬어?"

응 바로 나님이야 ^-^

33. 발그래

내가 만든 캐릭터

발로 그려서 발그래

볼이 항상 발그레 빨간게 특징이며

즐겨 쓰는 단어는 '그래'이다

이름을 발그래로 할까 발그레로 할까 한참을 고민하다

그래를 살려 발그래로 지었다는 후문

그래가 놀라면?

그래놀라 :D

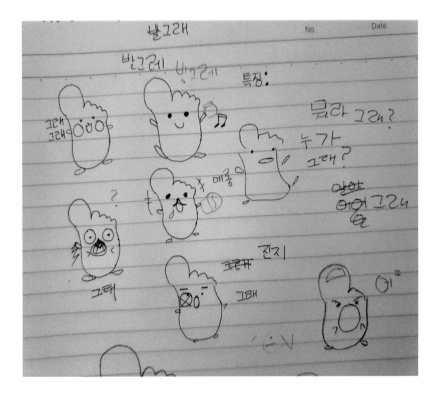

발그래 캐릭터 초안

No winter lasts forever.
No spring skips its turn.

어느 따뜻한 봄날이었어요.

책을 사랑하는 발그래는 자신의 책을 써보기로 결심했어요.

"특별한 글을 쓰면 참 행복할거야"

다음날 발그래는 떡볶이를 먹으며

어떤 특별한 글을 쓸지 고민하기 시작했어요.

하지만 떡볶이를 다 먹을때까지 어떤것도 결정하지 못했어요.

"떡볶이가 너무 맛있어서 집중할수 없었어."

그 다음날 발그래는 조용한 카페에 가서

특별한 글을 써보기 시작했어요.

따뜻한 차와 맛있는 케이크를 시켰지만 차가 다 식을때까지

아무것도 쓰지 못했어요.

"차가 빨리 식어버려서 글을 쓸 수 없었어."

그 다음 다음날 발그래는 버스에서

어떤 특별한 글을 쓸까 생각하기 시작했어요.

하지만 버스를 내릴때 까지도 아무것도 생각해 내지 못했어요.

"버스가 너무 덜컹거려서 생각을 할 수 없었어"

이렇게 하다가는 책을 쓸 수 없을거라고

생각한 발그래는 침대에 누워 공공이 생각하기 시작했어요.

'무엇을 쓰면 특별한 글이 될까?'

그러다 이불이 너무 푹신거려 스르르 잠이 들어버리고 말았어요.

화들짝 잠에서 깬 발그래는 절망했어요.

"난 아무래도 글을 쓸 수 없는 운명인가봐"

밤하늘은 검은 도화지처럼 깜깜했고

발그래의 머릿속은 손에 쥔 종이처럼 하얘졌어요.

발그래의 손에서 힘없이 종이가 스르르 떨어졌어요.

그때 하늘에서 반짝이는 별이 말했어요.

"특별한 것을 찾을 필요가 없어. 발그래 너의 이야기를 써봐.

너는 이미 특별하니까!"

환하게 미소지은 발그래 주변으로 반짝반짝

빛이 쏟아지고 있었습니다

34. 방황

헤맬 방(彷), 헤맬 황(徨)

정의: 인생에서 분명한 방향이나 목표를 정하지 못하는 것

분명한 목표 없이 길을 헤매다 보면 내가 몰랐던 길을 발견하듯

인생은 때론 갈팡질팡 나아가는 것

누군가 잃어버린걸까? 땅바닥에 쓰러져있길레
사뿐히 기둥 위에 올려놔주었다. 외로운 갈 곳 잃은 인형

35. 바퀴벌레 1

때는 바야흐로 8년 전으로 거슬러간다

부엌에서 너무 오랜만에 바퀴벌레를 봐서

귀뚜라미인지 알고 후라이팬으로 내리쳐 죽였다

너무 용감했던 나였다

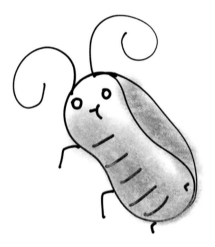

36. 바퀴벌레 2

프린터기에 용지가 걸려서 뚜껑을 열었는데

바퀴벌레 몸이 반쯤 갈려있었다

죽은 시체를 치우는데 알이 톡 나왔다

잊혀지지 않는 끔찍한 기억

37. 바퀴벌레 3

벌레 없는 원룸에 살고자 세스코가 관리하는 원룸으로 이사를 갔다

코트를 벗는데 바퀴벌레가 같이 떨어졌다

언제부터 내 옷에 붙어있던 거냐! 소오름~

살충제 반통을 미친듯이 뿌려낸 뒤에

한 밤중이라 갈데가 없어 맥도날드로 피신을 갔다

38. 빗물

똑똑 소리없이 떨어지던 빗방울이

후두둑 세찬 빗줄기로 바뀐다

또르르 창문을 타고 내리는 빗물이

마치 누군가의 눈물 같다

39. 베트남 1

엄마와 베트남 전통의상 아오자이를 맞춰입었다

시장에 가서 원단을 고르면 옷을 즉석으로 만들어 주는 게 참 신기했다

아오자이 덕분에 예쁜 사진들도 많이 찍어 즐거운 시간을 보낼 수 있었다

단, 그 뒤로 우리는 두 번 다시 아오자이를 입을 일이 없었고

그렇게 아오자이는 행방불명되었다는 세드앤딩

40. 베트남 2

베트남에서 사진기사 아저씨께서

핑크성당의 한 자리를 가리키며 여기가 명당이라고 앞에 서보라고 하셨다

사진을 확인하고 깜짝 놀랐다 내 다리가 2배나 길어보이는게 아닌가

역시 사진은 사진 전문가에게 맡겨야 되는 것 같다

41. 보드게임

가끔 난 보드게임 카페에 간다

일반 카페와 비교하면 수가 많은 건 아니지만

다양한 게임들이 나오면서 찾는 사람들도 조금씩 많아지는 듯 하다

갈 때마다 안 해본 게임 위주로 하다 보니 딱히 잘하는 것은 없지만

간단히 머리 쓰면서 시간 때우기에 보드게임만 한 게 없는 것 같다

42. 부산

예전에 1년 동안 부산 사하구에 살았었다

사하구에는 그 유명한 감천문화마을이 있다

버스타고 지나가면서 멀찍이 보긴 했었는데 가본 적이 없었다

워낙에 가까워서 가야지 가야지 하다가 부산을 떠날 때 까지 가지 못한 것이다

그렇게 6년이 흐른 뒤에 부산 여행을 갔을 때 비로소 가보게 되었다

오밀조밀한 집들과 아기자기한 상점들이 마치 그림과 같았다

진작 가봤어도 참 좋았을 것을

가끔 우리 삶 속엔 너무 가까워서 보지 못하는 것들이 참 많은 것 같다

43. 불면증

평상시엔 잠을 잘 자는데

아주 가끔씩 잠을 잘 자야겠다고 마음먹는 날엔 불면증에 시달린다

시험 전날이라던가, 특별한 행사를 앞뒀다던가, 너무 피곤하다던가

이유는 가지각색이다

불면증을 겪어보지 않은 사람들이라면

그냥 마음을 편하게 먹으면 되지 않는거냐고 쉽게 생각할줄 모르겠지만

그게 말처럼 쉬운게 아니라는게 문제다

그래서 만일을 대비해 처방전 없이 살 수 있는 수면유도제를 사다놓는다

물론 좋을건 없지만 잠을 못자 비몽사몽한것 보단 나으니까

가끔 베개에 머리만 대면 잠에 골아떨어진다는 사람들이 있던데

나도 그랬으면 좋겠다

44. 붕어빵 1

붕어빵을 사왔는데 그새 붕어빵이 식어있었다

식은 붕어빵은 별로 안좋아하는 편인데

다행히 종이컵에 담아온 오뎅국물이 따뜻해서 함께 먹으니 먹을만했다

붕어빵하면 어렸을 때 먹었던 피자붕어빵이 떠오른다

초등학생때 집 근처에서 사먹었는데 그 맛을 아직도 잊을 수가 없다

붕어빵인데 정말 피자를 먹는 것 같았다

하지만 장사가 잘 안됐는지 곧 사라지게되었고 그게 마지막이 되었다

종종 친구들에게 피자붕어빵을 먹어봤었냐고 물으면

그런게 있었냐고 하는걸 보면 인기가 정말 없었나보다

45. 붕어빵 2

붕어빵 심리테스트를 발견했다

나는 꼬리를 가장 좋아하기 때문에 아껴놓기 위해 머리부터 먹는다

머리부터 먹는 타입은 아래와 같은 성격이라고 나와있었다

낙천적이고 활동적이며, 무언가 흥미를 느끼기 시작했을 때
초반에 빨리 뜨거워졌다가 금방 식는 경우가 가끔 있기도 하다

그러보고면 난 해보고 싶은 것, 배워보고 싶은 것들이 참 많다

그런데 문제는 지속력이 없어서 대부분이 용두사미로 끝나는 경우가 많다

그래도 하고 싶은 것 없이 심심하게 사는 것보단 완벽하진 않아도

이것저것 해보면서 사는 불완전한 나의 삶도 나쁘지 않은 것 같다

46. 사랑

지나고 보면 사랑이었다

바람처럼 왔다가 바람처럼 사라졌던 그 모든 추억들

모든 것이 아름다웠던 그 때 그리고 우리

사랑했으므로 나는 행복하였네

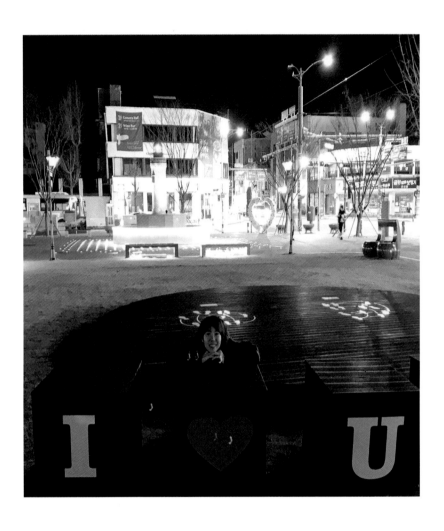

47. 산책

심심했던 어느 봄날 혼자 단대호수로 산책을 갔다

예쁜 카페에서 귀엽게 생긴 앙버터 디저트도 먹었다

그런데 가끔 이렇게 눈이 달려 있는 것들을 먹을 땐

꼭 나를 쳐다보는 것만 같아 기분이 이상하다

48. 소미

언니의 외동딸 소미

하루는 소미가 어렸을 때 언니랑 산책을 나갔는데

혼자 그네를 타다 점프를 해서 다리가 부러져서

언니가 엉엉 울며 병원에 데려가 입원을 하게 되었다

뭔가 태생이 허약한 강아진가 생각했는데

고생고생하다 퇴원한 뒤로 아직까지 다행히 큰 병 없이 잘 살고 있다

언니가 붙여준 소미의 사진 제목 '꽃개'

49. 손글씨

중학교 때부터 나의 글씨체는 하나도 변하지 않았다

어떻게 보면 악필인데 가끔 신경써서 글씨를 쓰면

조금 귀여워 보일 때도 있다(물론 내 눈에)

한번은 악필 교정 펜글씨 교본을 3권 샀는데

일주일도 되지 않아 흥미를 잃어버려서

그냥 대충 살기로 결심했다

50. 손목시계

나는 시간관리를 잘 못한다. 뭔가 쫓겨서 하는 것을 안 좋아하기 때문에

가끔은 뭔가를 할 때 세월아 네월아 하면서 늘어지게 하기도 한다

그래서 난 손목시계를 차고 다닌다

초침이 움직이는 것을 봐야 그나마 시간이 가고 있구나 생각이라도 한다

요즘엔 사람들이 스마트와치를 많이 차고 다니던데

그래도 난 아직까진 아날로그가 더 좋다

51. 손그림 1

직장동료 선물로 뭔가 특별한 것을 주고 싶어서

직장동료와 남자친구를 손으로 정성껏 그려 주었다

그림을 받고 좋아할 줄 알았던 직장동료가 말했다

"이거 누구에요?"

흑...

52. 손그림 2

색연필로 그려본

오리토끼 (Duckiebunny)

오리돼지 (Duckiepiggy)

친구가 왜 꼭 머리위에 오리가 올라가야 되냐고 물었다

그건 말이지~ 컨셉이란다

53. 송사리

고3때 수자원공사 물사랑 글짓기 대회에서 수상한 나의 시
힘들게 쓴 산문은 탈락하고 5분 만에 뚝딱 써 내려간 게 바로 이 시다
실제 있었던 일이라 진정성이 묻어나 입상을 했던 것 같다.
역시 시란 자고로 마음으로 써야 하는 건가 보다

큰 것은 정말로 작은 것에서 나온다

이가영

이사 오기 전 살던 곳

개울 있던 곳

별을 담고 흐르던 곳

사랑이 흐르던 곳

개울 없는 곳으로 이사가는 날

동생에게 잡아준 애기송사리

어항에 담아준 애기 송사리

평화로운 어느 날 동생 목소리

"엄마 애기 송사리가 없어졌어요"

언제부터일까 정말 없었다

어항에는 물 가득 차있는데

송사리는 행방불명 모두는 어리둥절

혹시..? 엄마께서 하시는 말씀

며칠 전에 상원이방에서 마른멸치 주웠는데

웬 멸치?

싱싱도 하네 하고 마른멸치 주웠는데

행방이 밝혀졌다

모두 박장대소

이제 대세는 멸치가 된 송사리

스탠드 켜고 공부하는데

빈 어항에 눈이 간다

자꾸만 간다

어항에 무언가가 비친다

선명하게 비친다

송사리를 죽인 범인이다

송사리를 납치하는 나

죽음에 이르게 한 나

개울을 사랑하던 개울 속의 물고기를

사랑하던 동생에게

어항 속의 물고기를 사랑하게 만든 나

소중하지 않게 바라보는 법을 가르친 나

내 주위의 그 무서웠던 것들이

내 안에 있는 것을 나는 보았다.

너무 가까이 있어서 알지 못했던

그 무서운 것들을 나는 보았다

큰 것은 정말로 작은 것에서 나온다

54. 스키

난생처음 스키를 타러 갔다

사실 스키를 탈 기회가 그 전에 몇 번 있었는데

이상하게 스키를 타러 가기로만 하면 일이 생겨서 기회를 놓치곤 해서

가지 말라는 신의 계시인가? 하고 한동안 스키장과 담을 쌓고 살았었다

친구는 걱정 말라며 동작 몇 개 알려주더니 한번 타보란다

뭔가 준비가 안 된 것 같긴 했는데 뭐 문제 있겠어?하고 호기롭게 올라갔다가

스키가 거꾸로 돌면서 내리막길로 돌진하기 시작했고 공포를 느꼈다

한참을 그렇게 내려가다 땅에 머리를 찧고 스키는 멈췄다

이노무스키 십년감수했네

55. 스페인

바르셀로나에서 언니가 꼭 가야 하는 곳이 있다고 했다

Rocambolesc 이라고 미슐렝 아이스크림 가게였는데

힘들게 찾아갔는데 가게가 참 예뻤다는 것과 토핑이 많았다는 것을 제외하면

특별히 왜 미슐렝을 받은 건지 이해할 수 없었다

예전엔 맛집을 찾아다녔는데 어느 순간부터 오히려 기대를 많이 하면

실망만 커져서 오히려 유명하지 않아도 내 입에 잘 맞는 식당이

진정한 맛집이라는걸 깨닫게 되면서 맛집에 대한 환상을 버리게 됐다

56. 스펀지밥

난생 첫 비즈공예로 만들어본 귀여운 스폰지밥

어렸을 때 즐겨보던 만화였는데

어른이 되고 종종 보아도 재미있다

바보스럽긴 하지만 순수하고 인생을 즐길 줄 아는 스펀지밥이야말로

많은 걸 가져도 행복한지 모르고 사는 사람들이 많은

요즘 시대의 위너가 아닐까

계획대로 안 됐다고 최고의 날이 아니라고 할 순 없어

-스폰지밥-

57. 술

난 술 마시는 것을 좋아하지 않는다

그냥 가끔 분위기 좋은 바에서 예쁜 칵테일만 마시는 수준이다

술을 먹다보면 그 맛을 알게된다고 말하는 사람들이 많지만

맛없는걸 맛있어질 때까지 먹을 순 없지 않은가?

난 그냥 건강에 좋은 녹즙이나 마셔야겠다

58. 사기

고속버스를 타고 내려오던 길 휴게소에서

경품 이벤트를 한다며 번호를 나눠주길레 받았는데

1등 시계가 당첨되었다며 제세공과금 5만원을 내면

백만원짜리 시계를 준다는 말에 5만원을 내고 말았다

오천원도 안될 것 같은 플라스틱 시계를 받은 뒤에야

사기라는 것을 알았다

하........

가끔 뉴스를 보다보면 누가 저런 사기에 걸려드냐 싶은 때가 있지만

그때의 시계를 생각하면 누구나 생각지도 못하게 사기를 당할 수 있겠다 싶다

자나깨나 사기 조심!

59. 선샤인

양반집 손녀지만 밤에는 신분을 숨기고 총을 들고 나라를 구하려는 고애신

조선에서 노비로 태어났지만, 미국으로 넘어가 군인이 되어

미국인 신분으로 한국에 돌아온 유진 초이

영화같은 CG와 감동적인 사랑 이야기로 한동안 재미있게 본 미스터 선샤인

논산 드라마 세트장에서 개화기 옷을 빌려입고 즐거운 시간을 보냈다

러브가무엇이오 하고 싶어 그러오
벼슬보다 좋은거라 하더이다
혹시 아오 내가 그날 밤 귀하에게 들킨 게 낭만이었을지

〈미스터 선샤인 명대사 중〉

60. 아이스크림

하루는 마트에서 이모가 먹고 싶은 아이스크림을 고르라고 했다

우유팥빙수를 하나 골라서 이모네집 냉동실에 넣어놨다

저녁에 할머니 집으로 가게 되어 낮에 넣어놓은 팥빙수가 생각나

친척 동생에게 할머니네 집으로 올 때 가지고 오라고 전화를 했는데

친척 동생이 깜빡했다고 인절미만 챙겨왔다고

주섬주섬 인절미를 건네는 게 아닌가

팥빙수가 먹고 싶었지만 일단 우린 사이좋게 인절미를 나눠 먹었다

다음 날 아침 이모에게 카톡으로 올 때 팥빙수를 챙겨오라고 메시지를 보냈다

5시가 되도록 이모는 나타나지 않았고 집으로 돌아 가야 할 시간이 되어

난 그렇게 팥빙수를 포기할 수밖에 없었다

61. 아이패드

노트북을 들고 다니기 불편하던 차에

사람들이 아이패드를 사면 굿노트에 필기하기도 좋고

공부할 때 여러모로 도움이 많이된다고 해서

고민고민하다가 샀는데

아이패드로 그림만 그리고있다

62. 이벤트 1

어느 날 담임을 맡고 있던 반 학생 두 명이 오더니

뿌듯한 표정으로 내게 단체티를 맞췄다며 티셔츠를 내밀었다

'이가영에 사무치다'

아이들의 등 뒤에 쓰여 있는 내 이름을 볼 때마다 웃음이 나왔다

어떻게 저런 문구로 티셔츠를 만들 생각을 했을까?

63. 이벤트 2

기말고사를 응원하며 노호혼을 나눠주었다

아이들은 원숭이를 책상 위에 올려놓고 행복해 했으나

머지않아 원숭이들이 하나 둘 교실 바닥에 뇌뒹굴기 시작했다

64. 이케아

호주에 있을 때 이케아를 몇 번 가봤는데

식당이 있는진 몰랐었다

이케아 푸드코트 음식이 맛있다는 친구 말에

광명에 있는 이케아에 가서 같이 스웨덴 미트볼을 먹었는데

생각보다 너무 맛있는 게 아닌가!

앞으론 크게 눈을 뜨고 어디에 뭐가 있는지 잘 살펴봐야겠다

65. 와플 기계

와플 기계를 선물받았다

유투브에서 본 음식들을 다 따라 만들어보고 싶었는데

문제는 세척이었다

분리가 안 되고 물에 담가 씻으면 안 된다는 경고가 붙어있어

솔로 쓱쓱 청소를 해야 했는데 여간 힘든 게 아니었다

한번은 바삭한 야채볶음밥을 만들려고 힘껏 눌렀는데 바삭은커녕

밥알이 여기저기 다 끼어버려서 솔질을 하다가

갖다 버려버리고 싶다는 생각이 들었다

앞으로 와플 기계에는 와플만 굽는 걸로

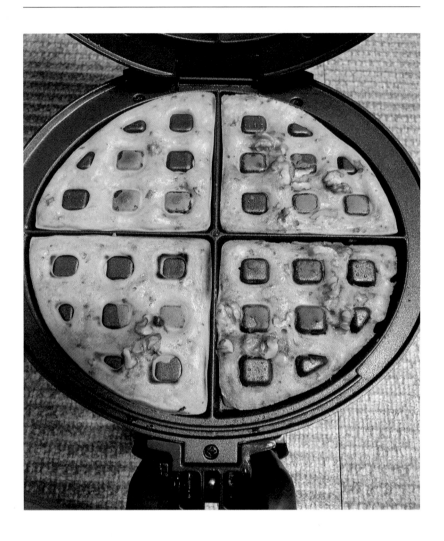

66. 앵무새

어릴 때 TV에서 어깨에 새를 올리고 다니는 사람을 보고

새의 매력에 빠지기 시작했다

하루는 검은머리카이큐 이유조 한 마리를 데려왔는데 (이름은 큐돌이)

까악~~ 소리를 지르니 아랫집 사람이 찾아왔다

비명인 줄 알았다고 했다

또 하루는 큐돌이와 지하철을 탔는데

1시간 내내 소리를 질러대서 식은 땀이 났다

그러다 삼촌차를 타고 익산을 가는 날이 오게되어

미리 앵무새가 소리를 많이 질러도 놀라지 말라고 경고를 했다

그런데 두시간이 넘도록 끽 소리도 안내고 조용히 타고 오는게 아닌가

큐돌이가 대중교통보단 자가용을 선호한다는 사실을 알게 되었다

67. 예술

어느 연기자가 그림을 그렸는데

그녀의 그림은 평가할 가치가 없을 정도라며 연기나 하는 게 좋겠다는 혹평에

그 연기자가 아래와 같이 답을 했다

"모든이의 인생이 예술로 표현될 수 있으며
마음먹은 모두가 예술가가 될 수 있는 시대에 살고 있는 우리들을 응원한다."

이 신문기사를 접하고 나서 그녀가 참 멋진 사람이라고 생각했다

남은 우리의 일생도 아름다운 예술이 되기를...

68. 영국

영국 여행에서 인상 깊었던 세 가지

1. 민박집

첫 숙박으로 민박집을 예약했는데 비싼 런던 한복판의 정형화된 호텔보단

가격도 상대적으로 저렴하고 현지 느낌이 물씬 나서 여행 온 기분이 들지

않을까 기대가 되었다 그런데 이걸 웬걸 배정된 곳이 옥상 끝방이었고

그 한겨울 너무 추워 패딩을 입고 핫팩을 붙이고 잠이 들었다는 황당 사건

2. 뮤지컬 두 번째 뮤지컬.

영국엔 데이시트라는게 있다. 뮤지컬을 보고 싶은 당인에 원하는 뮤지컬 극장

앞으로 가서 박스오피스가 열리면 남은 표를 선착순으로 싸게 살 수 있는데

인기 뮤지컬은 최소 8시까지는 가야 살 수가 있다

추위를 이기고 라이언킹과 위키드 티켓을 사서 코앞에서 관람할 수 있었다

3. 오이스터카드

오이스터카드는 영국 교통카드이다

기계에서 5만원을 충전했는데 이 놈의 카드가 돈이 없다고 하는게 아닌가!

지하철역 아저씨에게 SOS도 청하고 오이스터 카드사에 전화도 했는데

처리하는데 시간이 걸려서 지금 당장 해줄 수 없단다

하필 그날이 또 영국을 떠나는 날이어서 남은 잔액을 환급받으려고 했었는데

이메일로 청구를 하라는 답변이 돌아왔다

짜증나서 한국에 가자마자 당장 이메일부터 보내야겠다고 생각했는데

귀찮아서 미루고 미루고 또 미루고 있다

내 돈 5만원

69. 엄마 1

세상에서 나를 제일 귀찮게 하는 사람

그렇지만 세상에서 내가 제일 좋아하는 사람

가끔은 유치한 이유로 삐지기도 하지만

그럼에도 세상에서 내가 제일 사랑하는 우리엄마

70. 엄마 2

엄마는 늘 그림을 그린다

엄마의 그림 스타일은 항상 바뀐다

한 가지 스타일로 그려야 유명해질 게 아니냐고 말하니

엄마는 감성을 따라 그리기 때문에 항상 바뀌는 거라고 말한다

이해할 수 없는 엄마의 감성

71. 외국인

친구 미국인 마크가 처음 한국에 왔을 때

'이거 얼마에요'를 '천만해요'로 잘못 알고있어서

물건을 사러 갈 때마다 물건을 들며 천만해요? 라고 물었다고 한다

그렇게 세 달을 보내고 뒤늦게 그 뜻을 알게 됐다는 황당스토리

72. 요리

처음으로 요리 학원에서 요리를 배워봤다.

김치말이 돼지갈비찜, 김치전, 소갈비찜, 영양밥, 맥적불고기, 영양부추샐러드

늘 혼자 만들어먹다 사람들과 모여서 요리를 하니 참 재미있었다

수업에서 배운 레서피를 제대로 써먹을 날이 올진 의문이긴 하지만...

73. 인연

인연이라면 어떻게든 만나게 된다는 말이 있지만

개인적으로는 인연이라도 만날 수 없는 경우가 더 많을 것 같단 생각이 든다

그저 우리가 모르고 살고 있는 것 뿐

보이지 않는다 해서 없는데 아닌 것처럼

인연을 만난다면 좋은 거고 그렇지 않다면 인연을 만들어가면 되는 거고

그것마저 귀찮다면 그냥 강물 흘러가듯 살아가면 되는 거 아니겠는가?

74. 일

일을 안하고 있을 때는 일하고 싶고

일하고 있을 땐 쉬고 싶은

일이란 마법

돈을 내면서 하면 놀이가 되고

돈을 받으면서 하면 일이 되는 것

일이란 마법

각자 일을 열심히 하고
그 속에서 보람을 느끼는 사람은
행복한 사람입니다
여러분도 열심히 사시고
보람도 느끼시고
그래서 행복해지기를
바라겠습니다
행복하세요

- 김광석 에세이 '미처 다하지 못한' 中에서

75. 웹툰

내가 즐겨보는 웹툰엔 공통점이 있다

등장인물들이 많지 않고 스토리가 짧다는 것

그리고 무엇보다 주인공이 귀엽게 생겼다는 것

어렸을 땐 나름 장편만화를 좋아했는데

나이가 들수록 스토리가 길어지면

앞에 무슨 일이 있었는지 기억이 안 난다는 게 함정

어렸을 때 즐겨보던 영심이. 대전 벽화마을에서...

76. 작가

요즘 글을 쓰면서 알게 된 것이 하나 있는데

책 쓰는 것이 생각만큼 쉬운 게 아니라는 사실이다

그냥 워드파일에 글만 적으면 책이 되는 것인지 알았는데

글쓰기부터 시작해서 인디자인 편집, 디자인까지

하나하나 신경 써야 하는 것이 많다

또 책을 만들다 보니 인세에 대해 알게 되었는데

책 한 권을 팔았을 때 저자에게 들어오는 돈이 천원 남짓 하다는 사실이었다

나와 같은 전업작가가 아닌 취미로 책을 쓰는 무명작가가 책 100권을 운 좋게

다 팔았다고 가정하더라도 남는 돈이 겨우 10만원이라는건 가희 충격적이다

그럼에도 나의 책이 만들어지고 나의 글을 읽어줄 사람이 있다는 사실 하나로

나는 충분히 행복하다 :)

77. 장미

너의 장미꽃이 그토록 소중한 것은

그 꽃을 위해

네가 공들인 그 시간 때문이야

〈어린왕자〉

돌아보면 늘 결과보다 더 중요한 것은 과정이었다

78. 좀벌레

전에 살았던 원룸 벽에 정체모를 투명한 벌레가 기어다니는 것을 보게되었다

처음엔 작아서 돌아다니다 어쩌다 우리집에 오게되었나보다 했는데

얼마 후 옷장에 있는 옷들을 섭렵한게 아닌가

사진을 찍어 검색을 하고 난 뒤에야 그 녀석들이 좀벌레라는 것을 알게 되었다

그리고 좀벌레가 영어로 silver fish 라는 것도 처음으로 알게 되었다

어찌나 빠른지 정말 벽에서 수영치고 다니는 물고기 같다

스프레이도 치고 옷장에 4개 넣으라는 좀벌레 약도 4배로 16개를 넣었는데

그래도 죽지 않는 놈은 죽지 않고 생존해있다는게 참으로 신기하면서도

공포영화보다 더 무서웠다

79. 칠봉이

칠봉이는 남동생이 데려왔던 페렛의 이름이다

전에 키우던 주인이 응답하라 1994에 나온 주인공 이름을 따서 지어준

뭔가 촌스러운 이름을 가진 아이였다

틈이 있는 곳이라면 옷장 아래 냉장고 등 가리지 않고 찾아 들어가던

가끔은 무척추동물인지 의심해봐야 했던 녀석이었다

하루는 이놈이 장난을 하다가 문앞에 쌓아놓은 생수병 더미가 와르르

무너져 그 아래 깔리면서 다리뼈가 댕강 부러졌다

단세포 아메바같이 생각없이 뛰어놀기만 하던 녀석이

끼끼대고 울며 아픈 다리를 들고 깡충깡충 뛰는 모습에 눈물이 터져버렸다

곧장 동물병원에 가서 깁스를 했는데 녀석이

이 이상한 것이 왜 내 몸에 붙어있지? 싶었는지

미친 듯이 난리를 치기 시작했다

사람 말을 알아들을 수 있다면

모든게 네 다리를 위한거라고 설명해주고 싶을정도였다

너무 난리를 치는바람에 결국엔 또다시 병원으로 가서

깁스를 풀어주고 올 수 밖에 없었다

시간은 흘러흘러 뼈는 잘 아물었고

칠봉이는 다시 아메바처럼 집안 곳곳을 여기저기 돌아다니기 시작했다

80. 채소

나는 채소를 싫어했다

뭐 그렇다고 채소를 안 먹은 것은 아니지만

좋아하지 않기 때문에 굳이 찾아 먹거나

내 돈으로 채소를 돈 주고 사 먹는 것을 생각해본 적이 없는 사람이었다

그러다 결핵으로 크게 아픈 뒤에 건강에 관심이 생겨서

몸에 좋다는 채소란 채소를 다 챙겨 먹기 시작했고

처음엔 맛이 없어도 억지로 먹었는데

점차 채소 본연의 맛을 알아가게되었고 건강도 점차 회복되었다

요즘처럼 바쁠 땐 잘 챙겨 먹기 힘들긴 하지만

사람은 자연을 담은 신선한 음식을 먹어야 한다는 교훈을 얻었다

81. 책상

집에 있는 책상이 너무 작아서 책 하나를 펼치면 가득 차버려서

도저히 공부할 수가 없었다

세 달 동안 스터디 카페를 다니다가

돈을 아끼자는 차원에서 큰 책상을 하나 샀다

그리고 책상이 문제가 아니었다는걸 깨닫는 데 오랜 시간이 걸리지 않았다

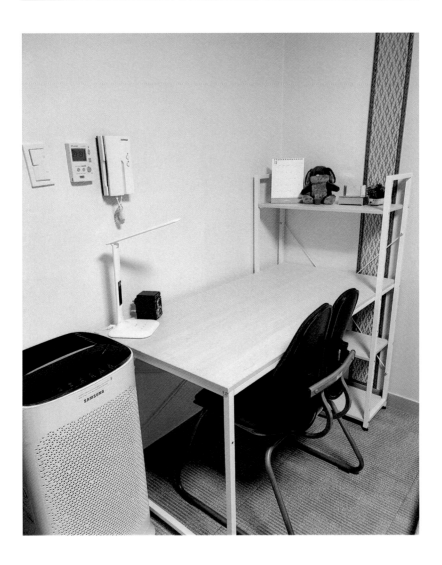

82. 첫 눈

난 추위를 잘 타서 겨울을 참 싫어한다

겨울만 있는 나라와 여름만 있는 나라 중에 선택해야 한다면

망설임 없이 여름만 있는 나라를 선택할 것이다

그럼에도 늘 겨울이 돌아오면 첫 눈이 기다려진다는건 안비밀

83. 치마

쇼핑을 갔다가 독특한 스커트를 하나 발견했다.

롱 스커트인데 작은 구슬이 데롱데롱 달려있는게 마치 발레리나 치마 같았다.

보자마자 한 눈에 반해서 여기저기 입고다녔는데

이모가 보더니 어디서 그런 이상한 치마를 샀냐고 물었다

...

문제의 그 치마

84. 카레

나에게 카레란 한낱 음식 하나에 불과했다

그러던 어느날 한 네팔 아저씨의 인도카레 식당에서 현지 인도카레를 맛본 뒤

진정한 향신료의 맛에 눈을 뜨게 되었다

신기한 건 그 뒤에도 여러 식당에 가서 인도 카레를 먹어봤지만

그 식당만한 인도카레 맛을 넘어가는 곳을 찾질 못했고

질릴때까지 먹어서 더 이상 먹고싶어지지 않을때까지 먹어볼 심산이었으나

먹어도 먹어도 그런날이 올 것 같지 않아 포기했다

인도카레는 사랑입니다 ♡

85. 카페

나는 커피를 별로 좋아하지 않아서 보통 차나 과일쥬스를 주문한다

예쁜 유리잔에 음료가 나오면 기분이 참 좋다

여기에 카페 인테리어까지 예쁘면 금상첨화

86. 코스튬

공주 드레스를 입어보고 싶었는데

포천 아일랜드에서 빌릴 수 있다는 것을 알게되서

공주 드레스를 입어보겠다는 의지 하나로 천안에서 포천까지 올라 갔다

그런데 바로 전날 눈이 많이 내렸던지라 유독 추웠고

그 얇디 얇은 드레스를 빌려 입은 사람이 아무도 없었다

순간 고민이 좀 되었지만 초심을 잃지않고(?)

미녀와 야수 벨의 드레스를 빌려입었고

칼바람에 벌벌 떨며 사진을 찍고 돌아다녔다는 비운의 공주 이야기

87. 토요일

토요일은 뭔가 빨리 자면 안될 것 같은 기분이 든다

밤 늦게까지 놀다 자야 진정한 토요일이 되는듯한 기분

예전엔 토요일 저녁마다 TV를 봤었는데

요즘은 침대에서 뒹굴뒹굴 음악도 듣고 인터넷을 하며 보내고 있다

한 주가 월화수목금토토토토일이면 얼마나 좋을까

88. 택배

인터넷 중고서점에 안보던 책을 한 권 팔았는데

구매자로부터 왜 걸레를 보냈냐는 문자를 받았다

무슨 말도 안 되는 소리를 하나 했는데

몇 분 뒤 문자로 진짜 대걸레 사진이 전송되어왔다

택배사에 전화를 한 뒤에 알고 보니 배송사고로 물건이 바뀌었는데

내가 보낸 책은 분실이 되어 책값을 보상해주기로 하여 일단락되었다

근데 생각할수록 책이 걸레가 되었다는 게 너무 웃겨서

컬투쇼에 라디오 사연을 보냈는데 아무 소식이 없었다

나만 웃긴 거였나

늘 기다려지는 문 앞 택배

89. 피아노

7살 때부터 피아노학원에 다녔다

그땐 작은 진도표에 연습한 횟수만큼 동그라미를 그리고

목표치를 다 채우면 집에오는 일종의 과제와 같았다

성인이 되어서야 피아노 연주에 재미를 느끼기 시작한 것 같다

이따금씩 또다시 피아노학원에 가서 레슨을 받기도 하지만

나의 피아노 실력은 늘 제자리 걸음이다

이제 와서 프로가 될 것도 아니니까

앞으로도 난 이렇게 제자리에서 마음가는 대로 연주할 생각이다

음악을 즐기면서 ♬♪

라라랜드

River Flows in You

이누야샤

↑ 나의 피아노 연습 녹음파일 *휴대폰 카메라로 QR 코드를 찍으면 감상가능

90. 팩스

초등학교때 팩스로 공부하는 학습지를 한적이 있다

팩스를 너무 가지고 싶어서 그 학습지를 시켜달라고 졸라서 시작했는데

문제를 풀어서 팩스로 보내면 채점해서 나오는 것이 너무 신기했다

얼마 되지 않아 흥미를 잃었지만 팩스란 존재는 나를 행복하게 만들었다

살면서 보낼 팩스를 그때 다 보낸 듯...

91. 펜팔

초등학생이었을 때 펜팔이 유행이었던 때가 있었다

어린이 잡지 책 뒤편에 간단히 자기소개와 주소가 실려

또래와 편지를 주고 받을 수 있도록 되어있었다

솔이라는 섬에 사는 동갑내기 여자아이와 한동안 편지를 주고 받았다가

어느샌가 연락이 끊기게 되었다

고등학생땐 동갑내기인 독일 여학생, 미국 남학생과 국제펜팔을 했다

그 당시에도 이메일을 보낼 수 있었지만

일명 snail mail 이라고 불리는 국제우편만의 기다림과 즐거움이 있었다

하지만 우리는 시간이 지날수록 입시준비로 편지를 보내는 텀이 길어졌고

공부만 하다 보니 할 말도 없어져 편지 길이가 점점 짧아지기 시작했고

그렇게 우리의 펜팔도 막을 내렸다

대학생땐 아이비리그 대학 중 하나인 유펜에 다니는 교포친구 영룡이와

언어교환을 하며 일주일에 한편씩 서로 일기를 공유했다

한국말을 잘못하는 영룡이는 한국어로 나는 영어로 일기를 써서 우린 서로

틀린 표현을 고쳐주었고 우리의 언어교환은 2년간 지속되었다

영룡이가 졸업과 동시에 뉴욕 월스트리트에 취업하며 바빠지게 되었고

나에게 마지막 선물로 과자와 책, 컵을 보내주었는데

컵에 'Teachers touch lives forever' (교사는 영원히 삶의 감동을 준다)는

문구가 쓰여져 있었다

수 많은 사람들이 스쳐가는 우리 인생 속에서

가장 큰 감동은 사람과의 만남이 아닐까

92. 할아버지

서울 할머니댁에 놀러갔는데

별안간 방에서 나오신 할아버지가 물으셨다

"나 어떻냐?"

알고 보니 새로 산 모자를 자랑하고 싶으셨던 거였다

하루는 할아버지와 추억을 만들어야겠다는 생각이 들었다

할아버지께서 한 번도 롤러스케이트를 타 본 적이 없다고 하시길레

함께 롤러스케이트를 타러 롤러장에 갔는데

바퀴가 너무 미끄러워서 못타겠다고 하시는 바람에

나 혼자 롤러스케이트를 타다 집에 왔다

93. 호떡

나는 호떡을 정말 좋아한다

하루는 나만의 호떡 레시피를 개발해 보고싶은 욕심이 생겼다

녹차가루로 열심히 반죽을 하고 건강에 안 좋은 설탕대신

팥을 올리고 아스파라거스로 장식을 했다

이런 호떡

도저히 먹을 수 없는 맛이었다

호떡은 그냥 사먹는 걸로!

94. 호빵

겨울이 되면 찜기에 호빵을 쪄 먹는다

따끈따끈 촉촉

팥 호빵, 야채 호빵, 피자 호빵, 불닭 호빵 다 맛있지만

뭐니 뭐니 해도 팥호빵이 최고인 것 같다

95. 화과자

화과자 만들기 원데이 클래스에 갔다

샘플로 전시되어 있는 화과자들을 보고

너무 예뻐서 어떻게 먹을수 있을까 걱정이 됐는데

내가 만든 화과자는 애초부터 찌그러져있어

그런 걱정을 할 필요가 없는 것이었다

96. 할로윈

대전 할로윈 호박축제에서

호박을 굴려서 선에 멈추게 하는

일명 호박 컬링 대회에 참여했다

나의 호박이 굴러굴러 무대 끝까지 굴러 떨어졌을 때

호박이 넝쿨째 굴러간다는 말을 저런건가 싶었다

나의 호박컬링 영상 QR 코드
*휴대폰 사진기로 촬영하면 열림

97. 해바라기

해바라기는 동양에서 생명과 행운의 상징이고

우리나라에선 목단꽃과 더불어 돈 들어오는 꽃으로 인기가 많다고 하는데

아무리 벽에 걸어놔도 돈이 안들어오는걸 보면

우리 집 해바라기는 그냥 꽃인 것 같다

211

98. 해돋이

아주 오랜만에 엄마와 공주 여행을 갔다가

새벽같이 일어나 해돋이를 보러갔다

새해도 아닌데 무슨 해돋이 라고 생각했었는데

해가 떠오르는 그 모습이 참 경이로웠다

이래서 사람들이 해돋이를 보러가는구나!

그래도 이 다음번엔 해돋이 대신 잠을 선택하고싶다

대전 대청호

99. 해질녘

노을 지던 하늘이 아름다웠던 어느 봄날

오늘 하루도 안녕

송도

100. 행복

〈곰돌이 푸, 행복한 일은 매일있어〉라는 책을 보고 한 사람이

곰돌이 푸, 불행한 일이 존나 멈추질 않아 라는 제목으로

비판영상을 올린 것을 보게 되었다

우리 주변엔 행복에 대한 명언이나 글귀들이 참 많다

그 만큼 사람들이 행복을 추구하기 때문일 것이다

행복이란 말 역시 인간이 만들어낸 추상적인 단어하나에 불과한데

그 행복이란 기준도 사람에 따라 다 다르고 불행 역시 마찬가지다

행복을 쫓는다고 반드시 행복해지는것도 쫓지않는다고 불행해지는것도

아닌 것처럼 너무 행복한 삶을 만들기 위한 집착하며 에너지를 쏟기보다

나는 그냥 기쁘면 기쁜대로 슬프면 슬픈대로 화나면 화가 나는대로

산의 바람처럼 강의 물처럼 흘러흘러 살아가려한다

호주 그레이트 오션로드 가던 중 호수에서..

번외편

껌 이야기

껌은 너무 외로웠어요

친구가 없었거든요

그래서 보는 사람들에게 들러붙기 시작했어요

하지만 곧 사람들은 껌을 뱉어냈어요

아무도 날 좋아하지 않아

껌은 울기 시작했어요

지나가던 풍선이 껌을 발견하고 말했어요.

껌! 나와 친구하지 않을래?

그리고 그들은 풍선껌이 되었습니다

-끝-

도토리 이야기 1

도토리나무에서 도토리 하나가 툭 하고

책을 읽고 있던 토끼 머리위에 떨어졌어요

도토리가 말했어요

아임 토리!

도토리 이야기 2

어느날 도토리는 서예에 관심이 생겼어요

데굴데굴 굴러 화방에 들러 문방사우를 사고

또 다시 데굴데굴 굴러 집으로 와서 거울을 봤는데

얼굴이 온통 먹으로 얼룩져 도토리묵이 되었어요

세수를 하려고 둥근 그릇에 물을 뜨던 찰나

도토리 뒤로 토끼가 물었어요

도토리묵사발?

-끝-

먼지 이야기 1

어느날 방 구석에 있던 작은 먼지가 말했어요

난 세상으로 나가고 싶어

그러자 옆에 있던 화분이 비웃었어요

그래봤자 넌 먼지일 뿐이야

뭐가 먼지?

먼지 이야기 2

먼지는 포기하지 않았어요

모두가 잠든 어느 밤 창문을 열고 슬그머니 나갔어요

갑자기 불어온 바람에

먼지는 먼지가 되어 날아갔어요

깜짝 놀란 먼지가 말했어요

이게 먼지?

먼지 이야기 3

그렇게 한참을 날아가다 바람이 잔잔해지고

먼지가 도착한 곳은 놀이터였어요

놀이터엔 귀여운 아이들이 놀고있었어요

와 나도 새로운 친구들을 사귈수 있겠구나!

먼지는 큰소리로 외쳤어요 안녕 애들아 :D

그리고

먼지는 먼지나게 맞았어요

-끝-

순대 이야기

순대렐라는 어려서 부모님을 잃고

계모와 언니들에게 구박을 당하곤 했다

그러던 어느날 요정의 도움으로 무도회에 가게 된다

12시가 되는 종이 울리고 급하게 도망을 가던 순대렐라는

실수로 당면을 빠뜨리고 마는데...

과연 문제에 당면한 순대렐라의 운명은...?

-다음 편에 계속 -

모두 안녕하신가영

발　행 | 2021년 08월 26일
저　자 | 이가영
펴낸이 | 한건희
펴낸곳 | 주식회사 부크크
출판사등록 | 2014.07.15.(제2014-16호)
주　소 | 서울특별시 금천구 가산디지털1로 119 SK트윈타워 A동 305호
전　화 | 1670-8316
이메일 | info@bookk.co.kr

ISBN | 979-11-372-5498-5

www.bookk.co.kr
ⓒ 이가영 2021